ایلفی کے فرشتے

ALFIE'S ANGELS

Henritte Barkow

Sarah Garson

urdu translation by Qamar Zamani

mantra

ایلفی ایک فرشتہ بننا چاہتا تھا۔
اُس نے اُن کو کتابوں میں دیکھا تھا۔

Alfie wanted to be an angel.
He'd seen them in his books.

اُس نے اُن کوخوابوں میں دیکھاتھا۔

He'd seen them in his dreams.

Angels have wings and angels can fly.
Alfie wanted wings so he could fly to
school on time.

فرشتوں کے پَر ہوتے ہیں اور وہ اُڑ سکتے ہیں۔

ایلفی چاہتا تھا اُس کے بھی پَر ہوں تا کہ وہ اُڑ کر وقت پر اسکول جا سکے۔

Angels can dance, and sing in beautiful voices.
Alfie wanted to sing so that he could be in the choir.

فرشتے رقص کر سکتے ہیں اور خوبصورت آوازوں میں گا سکتے ہیں ۔
ایلفی گانا چاہتا تھا تا کہ وہ اسکول کی موسیقی کے گروپ میں شامل ہو سکے ۔

فرشتے اتنی تیزی سے حرکت کرتے ہیں کہ آنکھیں اُن کو دیکھ نہیں سکتیں۔

Angels can move faster than the eye can see.

ایلفی بھی بہت تیزی سے حرکت کرنا چاہتا تھا تا کہ وہ زیادہ گول بنا سکے۔

Alfie wanted to move faster so
that he could score more goals.

فرشتے ہر وضع

Angels come in all shapes...

...اور سائز کے ہوتے ہیں۔

...and sizes,

اور وہ نہایت حیرت انگیز باتیں کر سکتے ہیں۔

and they can do the most amazing things.

ایلفی ایک فرشتہ بننا چاہتا تھا۔

Alfie wanted to be an angel.

اُس نے اُن کو کتابوں میں دیکھا تھا۔

اُس نے اُن کو خوابوں میں دیکھا تھا۔

He'd seen them in his books.
He'd seen them in his dreams.

ہوتا یہ ہے کہ سال میں ایک دفعہ بچے فرشتے بن سکتے ہیں ۔
اُستاد اور اُستانیاں اُن کو چُن لیتی ہیں ۔
والدین اُن کو کپڑے پہنا کر تیار کرتے ہیں ۔
اور پورا اسکول اُن کو دیکھتا ہے ۔

Now once a year children can be angels.
The teachers choose them.
The parents dress them.
The whole school watches them.

1970
1982
2002

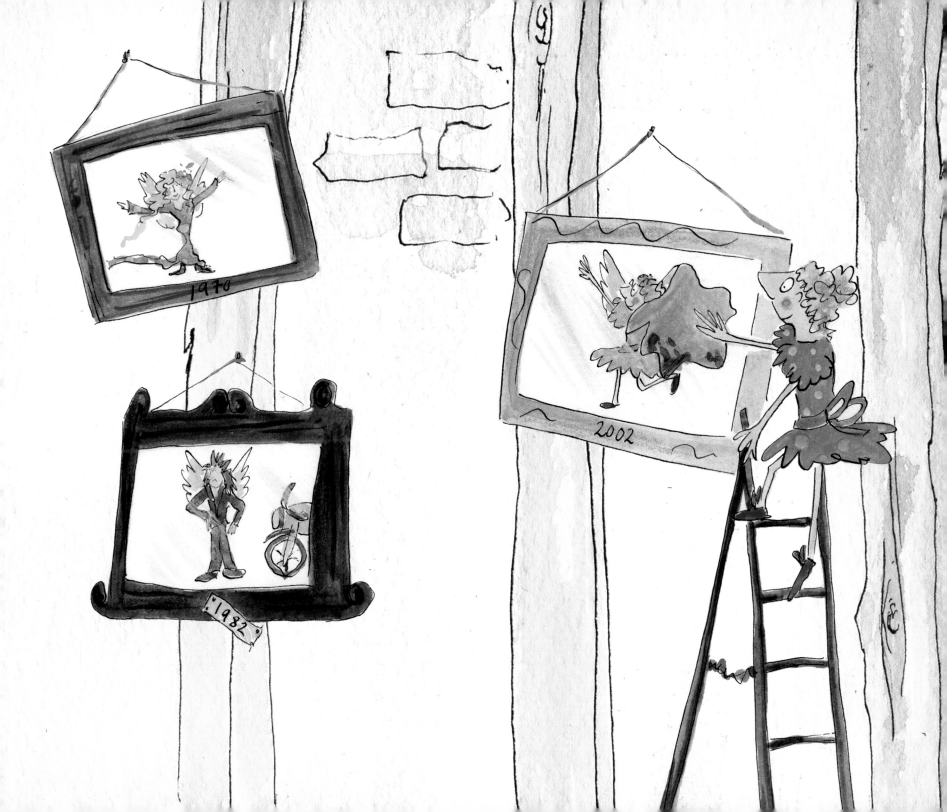

Alfie's teacher always chose the girls.

ایلفی کی اُستانی ہمیشہ لڑکیوں کو چنتی تھی۔

سب سے خوبصورت لڑکیاں۔ جن کے بال لمبے ہوتے ہیں۔
لڑکیاں جن کی بڑی بڑی آنکھیں اور خوبصورت مسکراہٹ ہوتی ہے۔

The prettiest girls. The girls with the longest hair.
The girls with the biggest eyes, and the sweetest smiles.

لیکن ایلفی ایک فرشتہ بننا چاہتا تھا۔

اُس نے اُن کو کتابوں میں دیکھا تھا۔

اُس نے اُن کو خوابوں میں دیکھا تھا۔

But Alfie wanted to be an angel.
He'd seen them in his books.
He'd seen them in his dreams.

Henrie
Alfie
Sarah

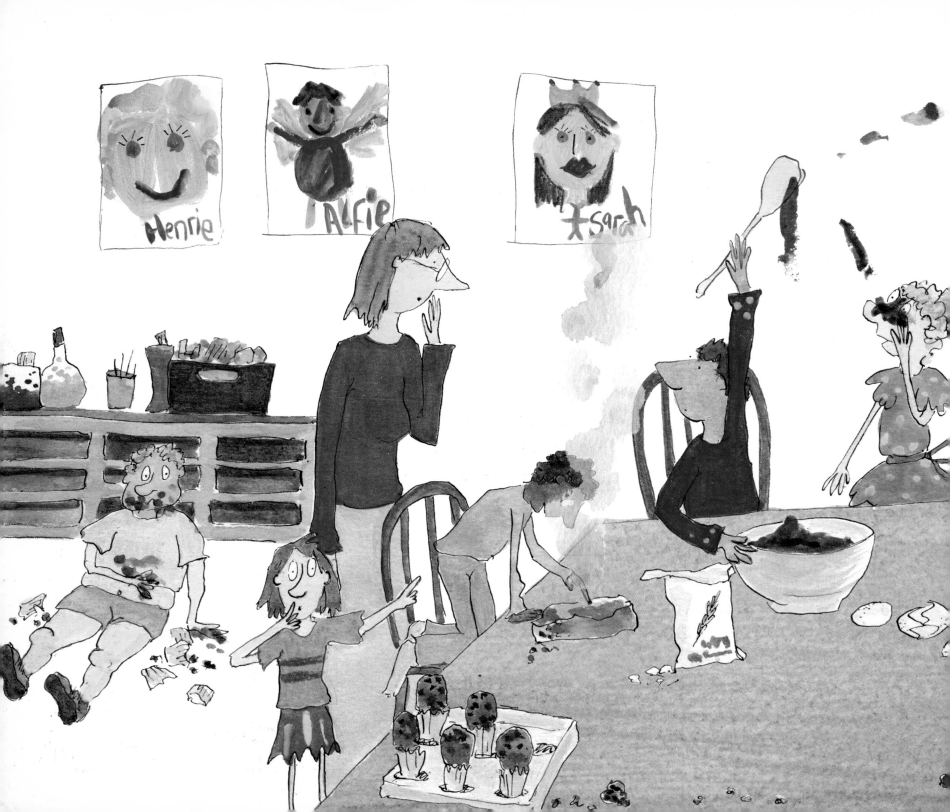

جب اُستانی نے پوچھا " کون فرشتہ بننا چاہتا ہے؟ "
ایلفی نے اپنا ہاتھ اُٹھا دیا۔

When the teacher asked, "Who wants to
be an angel?"
Alfie put up his hand.

لڑکیاں ہنسنے لگیں۔ لڑکے چپکے چپکے مذاق اُڑانے لگے۔

The girls laughed. The boys sniggered.

اُستانی نے گھور کر دیکھا۔ اُنہوں نے کچھ سوچا اور کہا۔

"ایلفی فرشتہ بننا چاہتا ہے؟ لیکن صرف لڑکیاں ہی فرشتہ بنتی ہیں۔"

The teacher stared. The teacher thought and said, "Alfie wants to be an angel? But only girls are angels."

ایلفی نے آہستہ سے اپنا سر ہلایا اور اپنی اُستانی کو فرشتوں کے متعلق سب کچھ بتایا۔

Alfie slowly shook his head,
and he told his teacher all about the angels.

اُس نے اُن کو کتابوں میں دیکھا تھا۔

اُس نے اُن کو خوابوں میں دیکھا تھا۔

How he'd seen them in his books.
How he'd seen them in his dreams.

اور جیسے جیسے ایلفی بولتا گیا پوری کلاس اور توجہ سے سُنتی گئی۔

And the more Alfie spoke,
the more the whole class listened.

نہ کوئی ہنسا اور نہ ہی کسی نے چپکے چپکے مذاق اُڑایا۔
اِس بات پر کہ ایلفی فرشتہ بننا چاہتا تھا۔

Nobody laughed and nobody sniggered, because Alfie wanted to be an angel.

Now it was that time of year when children could be angels.
The teachers taught them. The parents dressed them.
The whole school watched them while they sang and danced.

اُس وقت سال کا وہ زمانہ تھا جب بچے فرشتے
بن سکتے ہیں۔ اُستانیوں نے اُن کو سکھایا۔
والدین نے اُن کو کپڑے پہنا کر تیار کیا۔
اور جب اُنہوں نے گانا گایا اور رقص کیا
تو پورے اسکول نے اُن کو دیکھا۔

ایلفی ایک فرشتہ بن گیا تھا!
Alfie was an angel!